시와 어린이와 자연이 시들어 가는 세상에서
맑은 새소리며 물소리에 귀를 씻고,
우리를 키워 준 흙을 다시금 보듬을 수 있기를

• 1962년부터 1964년까지 이오덕이 가르친 청리초 아이들 시 •

읽어 두기

1. 이 책은 《허수아비도 깍꿀로 덕새를 넘고》(보리)를 새로 고쳐 펴냈습니다.

2. 이 책에 실린 시들은 그때 아이들이 쓴 그대로 두었습니다. 아이들이 모두 저마다 다르게 쓰고 말을
했던 '아까시나무' '플라타너스'는 물론이고 사투리도 아이들이 쓴 그대로 두고 글 밑에 비슷한 뜻이나
다른 표현을 달아 놓았습니다. 아이들이 얼른 알 수 없는 어려운 말은 쉬운 풀이말을 달아 놓았습니다.

3. 띄어쓰기는 지금 표기법에 맞게 바로잡았습니다.

4. 이 책에 나오는 그림은 이오덕 선생님이 가르친 아이들이 그린 것입니다. 어떤 그림에서
한 부분만을 따로 떼 내어 쓰기도 하고, 떼 낸 부분을 모아 쓰기도 했습니다. 그림을 그린 아이들
학교와 이름을 정확히 알 수 없는 경우에는 써넣지 않았습니다. 그린 분들에게 허락을 얻지 못한 점
이해해 주시면 좋겠습니다.

이오덕의 글쓰기 교육 8

청리 아이들 시 모음

허수아비도 깍꿀로
덕새를 넘고

이오덕 엮음

양철북

자연과 함께 살아가는 기쁨

어린이 여러분! 여러분은 날마다 공부를 한다고 학교에서고 집에 서고 학원에서고 늘 시달리고 있습니다. 내가 보기로는 여러분들 이 하고 있는 공부가 크게 잘못되어 있습니다. 사람이 사람답게, 착 하고 바르게 살아가기 위해 하는 공부가 아니고, 남에게 앞서고 남 을 이겨 내려고 하는 공부, 편리하고 편안하게, 기분 좋게 살기 위 한 공부가 되어 있지요. 그렇잖습니까? 이래서는 절대로 희망이 없 습니다. 앞으로 살아갈 길이 트일 수가 없습니다.

이 어린이 시집은 지금부터 34~36년 전, 그러니까 여러분들의 아 버지 어머니가 여러분만 했을 때, 시골에서 농사일을 거들면서 자 라나던 어린이들이 쓴 시를 모아 놓은 책입니다. 그래서 이 시집에 는 지금 여러분들이 살고 있는 세계와는 아주 다른 세계가 있습니 다. 여러분들이 겪고 있는 현실과 이 시집에 나타난 세계를 견주어 보면, 지금 여러분이 살고 있는 세계는 일그러지고 헝클어져서 걷 잡을 수 없이 병들어 있지만, 이 책에 나타난 세계는 깨끗하고 아름 답고 건강합니다. 지금 여러분들이 살고 있는 곳은 어른들이 만들 어 놓은 도시입니다. 도시는 사람을 가두어 놓고, 모든 목숨을 병들게 합니다. 그러나 이 시집에는 자연이 있고, 자연과 함께 살아가는 세계가 있습니다.

나는 여러분들이 이 시집을 읽고 자연을 발견하고, 자연으로 돌아가 정직하고 깨끗하게 살아가기를 바라면서, 여기 이야기 한 가지를 하고 싶습니다. 이 이야기는 2차 세계 대전쟁에 끌려갔다가 다행히 죽지 않고 돌아와 아직도 살아 있는 일본의 어느 할아버지가 들려준 것입니다.

내가 그 전쟁 중에 소집영장을 받고 입대해서 곧 가게 된 곳은 조선과 만주(중국 동북부)였습니다. 그런데 조선도 만주도 일본 땅과 다름없이 양식이 모자라 우리 군대는 배가 무척 고팠어요. 그래서 우리들은 가는 곳마다 그곳 원주민 아이들을 붙잡아서 "참외 가져와" "수박 가져와" 했습니다. 그러면 원주민 아이들은 일본 군대가 무섭기 때문에 참외밭이나 수박밭에 들어가 참외와 수박을 훔쳐서 우리한테 가져왔습니다.

그러다가 전쟁터가 더 퍼져서 우리는 뉴기니로 옮겨 갔습니다. 뉴기니는 일본 땅의 두 배도 더 되는, 세계에서 둘째가는 큰 섬이지만 여기서도 양식이 모자라 우리들은 애를 먹었습니다.

그래서 조선이나 만주에서 했던 것처럼 그곳 아이들을 붙잡아서 "바나나 가져와" "파파야 가져와" 했습니다. 그랬더니 그곳 아이들은 모두 두 손을 모으고는 "용서해 주세요" "용서해 주세요" 할 뿐이었습니다.

아무리 큰소리를 쳐도 위협을 해도 나오는 말은 "용서해 주세요" 뿐입니다. 그래 성질이 급한 병사가 "이렇게 해도 안 들어?" 하면서 개머리판으로 아이들의 엉덩이를 사정없이 팼습니다. 아이들은 흑흑 울면서도 여전히 손을 모아서 "용서해 주세요" 하고 애원할 뿐입니다.

그래서 "왜 너희들은 시키는 대로 안 하나?" 하고 물었더니 손가락으로 하늘을 가리키며 "해님이 보고 있으니 못 해요" 하고 대답했습니다. 어느 아이에게 물어도 대답은 같았습니다. 나는 그때까지 뉴기니 사람들을 문화가 뒤떨어진 미개인이라 업신여겼습니다. 그러나 이런 내 생각이 얼마나 잘못된 것입니까. 나는 그 아이들의 모습에 감동해서 온몸이 떨렸습니다.

2차 대전이 끝난 지가 50년도 더 지났지요. 요즘은 우리 한국 사람들이 뉴기니에 구경하러도 많이 갑니다. 뉴기니에 갔다 온 사람들 얘기를 들으면, 그 나라에는 아직도 수도(서울)에서 한 발짝만 나가도 전깃불이 없고, 사람들은 어디든지 맨발로 다닌답니다. 우리 나라에서도 내가 어렸을 때는 산이고 들이고 아이들이 맨발로 뛰어다녔지만, 지금은 가는 곳마다 유리 조각 같은 것이 있어서 맨발로 다니고 싶어도 안 되지요. 그리고 신발이고 옷이고 집이고 무엇이든지 겉모양만 근사하게 꾸며서 잘사는 것처럼 보이고 싶어 합니다. 이렇게 해서 문명이 발달했다고, 앞서가는 나라가 되었다고 자랑합니다. 뉴기니 사람들과 우리들을 견주어 봅시다. 어느 쪽이 더 사람답게 사는 것입니까? 어느 쪽이 진짜 참된 문화를 가지고 있는 것일까요?

사람이 자연을 떠나면 모든 것을 잃어버립니다. 자연을 등지면 죽음밖에 없습니다. 자연은 모든 목숨을 키워 줍니다. 자연보다 훌륭한 스승이 없습니다.

"해님이 보고 있으니 나쁜 짓을 할 수 없어요."

우리도 자연 속에서 자연을 배우며 자연과 함께 싱싱하게 살아갑시다.

1998년 9월 이오덕

차례

초판 머리말 | 자연과 함께 살아가는 기쁨

1부

남자리가 이실에 붙어서
(2학년 편, 1962년 3월~1963년 2월)

하늘이 아가시나무 가지 사이에도 있고

(3학년 편, 1963년 3월~1964년 2월)

3부

보리야, 죽지 말고 살아라

(4학년 편, 1964년 3월~1964년 9월)

어른이 되어 쓴 글 |
30년 전 산골 아이

책 끝에 |
책을 낸 까닭과
몇 가지 풀이

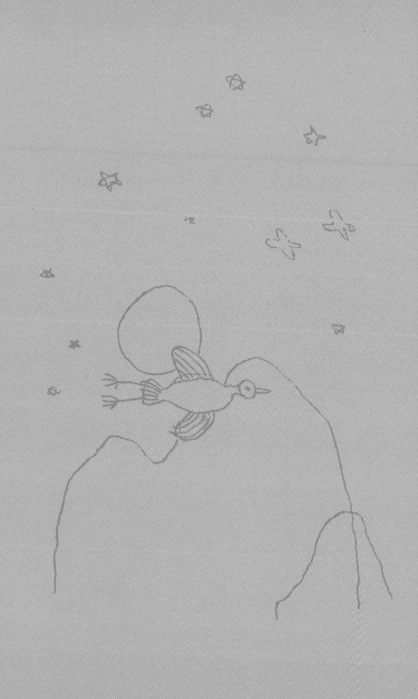

1부

남자리가 이실에 붙어서

(2학년 편, 1962년 3월~1963년 2월)

오빠

박근임

어제
우리 오빠가 왔습니다.
나는 우리 엄마하고
울었습니다.
우리 오빠가 비행기를
타고 다녀요.

(1962. 5. 29.)

홍초꽃

박훈상

홍초꽃이
해하고 이야기하는 그태서
나는 홍초하고 해하고
을참 바라보았습니다.

(1962. 10. 20.)

* 홍초꽃: 칸나꽃. 한여름에 빨갛게 핌.
* 그태서: 같아서.
* 을참: 한참.

까치

남경삼

소나무에서
까치가 웁니다.
꼬랑대기에서
똥이
찔끔
나옵니다.
까치는 까까
합니다.
그래
날아갔습니다.
어데서
비행기 소리가
윙 하고 날아갑니다.
지금도
날아가는 소리가
납니다.

(1962. 10. 25.)

남자리

정홍수

남자리가
이실에 붙어서
입을 조물딱
이실을 빨아 먹습니다.

(1962. 10. 25.)

* 남자리: 잠자리. 철기. 철뱅이.
* 이실: 이슬.

내 동생

박근임

나는 집에 강깨
동생이 울고 있는데
눈 안에
동그란 눈물이
반짝합니다.
나는 눈물을 닦아 주었습니다.

(1962. 11. 17.)

* 강깨: 가니까.

햇빛

박선용

햇빛이
꺼먼 구름 속에 들어가니
글씨가 삐뚤삐뚤해진다.
그래 다 고쳤다.
고치니 햇빛이
반짝 빛난다.

(1962. 11. 17.)

떨었는 거

김순옥

잘 때 추워서
떨어서
거지 생각 하였다.

(1962. 11. 23.)

거지

박근옥

아침에
우리 점방 앞에서
거지가
추워서
발발 떱니다.
논매러 가는
어른도
발발 떱니다.

(1962. 11. 23.)

나뭇잎

이영희

집에 오니
면소 있는 데 버드나무 잎이
흘렁합니다.
흘렁해 가지고 니찝니다.
버리밭으로 니찝니다.

(1962. 11. 28.)

* 면소: 면사무소.
* 니찝니다: 떨어집니다.
* 버리밭: 보리밭.

까치

김오원

수양버드나무가
말랑말랑합니다.
까치 꽁대기가
꼼짝꼼짝합니다.

(1962. 11. 26.)

* 꽁대기: 꽁데기. 꽁댕이. 꽁뎅이. 꽁당지. 꼬랑이. 꼬랑지. 꼬랑대기. 꼬랑
데기. 꼬랑데이. 꼬랑대이. 꼬랑댕이. 꼬랑뎅이. 꽁지. 꽁지깃. 꼬리.

아가시

이길영

아가시는 허덕허덕합니다.
아가시 안에 씨가 껍데기캉
바티리 가이고 땍 합니다.
시계겉이 땍 합니다.

(1962. 12. 4.)

• 아가시: 아가시아. 아카시아. 아까시나무.
• 껍데기캉: 껍데기와.
• 바티리 가이고: 부딪쳐 가지고. 받혀 가지고.
• 시계겉이: 시계같이.

4월 4일 목요일 맑음   정연

아기들이 꼬그만 나무를 심겄어요
어서 밤만 자건 이거 내서 노르운요
맘습새 꼬그만 나우가 커 지네여
아이들은 그 나우에 올라 가리드 크고 싶어요

김경희

해

주형철

해가
구름 속에 들어갈 때는
시커멓지만
구름 속에서 나올라 말라 하면
구름이 빨갛게 됩니다.

(1962. 12. 4.)

학교 올 때

김경수

아이들이 못에 올 때
돌멩이를 던징깨
쪼로록 하미 갑니다.
멀리 가니
햇빛이 짝 빛납니다.

(1962. 12. 6.)

* 던징깨: 던지니까.
* 하미: 하며, 하면서.

눈

여해순

소나무에
눈이
꽃구름 같은데
눈이 보시보시하다.

(1962. 12. 6.)

새벽

이순희

새벽이 되니까
달이
서산에 와 가이고
문 앞에 막 비치 가이고
깨어 보니까 똑 낮 같은 기
깜짝 놀랐습니다.
엄마, 날 새여 그랑깨
새벽이라 하였습니다.
어머니는 옷을 입고
아침밥을 서숙밥을
했습니다.

(1962. 12. 10.)

* 비치 가이고: 비쳐 가지고.
* 같은 기 : 같은 것이. 같은 게.
* 그랑깨: 그러니까.
* 서숙밥: 조밥.

내 동생

이순희

학교에서 생각하니
내 동생 동훈이가
얼음 위에서
시개또를 타는데
빵 자빠졌습니다.
그래 머리를 깨었습니다.
머리를 깨고 하얀 헝겊으로
자맸는 같습니다.
방 안에 누워 있는
같습니다.

(1962. 12. 14.)

* 시개또: 널판때기 밑에 굵은 철사를 붙여서 얼음 위를 지치는 놀잇감. '스케이트'에서 온 말.
* 자맸는: 잡아맸는. 잡아맨 (것).

봄비

이경희

봄비가 온다.
봄비가 오면
눈도 다 녹고
나물도 나고.
(1963. 2. 8.)

봄

성옥자

봄아, 봄아, 어서 오마
우리도 큰다. 나물도 큰다.
오늘 학교 오다가 보니
강아지가 출렁출렁 뛰어갑니다.

(1963. 2. 14.)

봄

김태순

봄아, 오너라.
봄이 오면 동생하고
머리에다 호박단을 여고
나물 캐로 간다.

(1963. 2. 14.)

* 호박단: (무슨 말인지 알 수 없음.)
* 여고: 이고.

2부

하늘이 아가시나무 가지 사이에도 있고

(3학년편, 1963년 3월~1964년 2월)

난초

김오원

새파랗게 돋아납니다.
크다나게 돋아납니다.

(1963. 3. 20.)

* 크다나게: 크단하게. 크다랗게. 커다랗게. 큼직하게.

학교 올 때

정민수

학교 올 때 보니까
못에
짐이 나는데
제비가 날아다니는데
어떤 아이가 뒤에서
구두를 신고 옵니다.

(1963. 4. 8.)

* 짐: 김.

감나무

강재순

우리 감나무 잎이
새파랗게 났다.
자세히 보니
안에
동그랗게 있다.
동그란 기 머냐 하니
조금 있다가
꽃이 피겠다 합니다.

(1963. 4. 29.)

* 동그란 기: 동그란 게. 동그란 것이.

개고리 소리

정순복

저녁밥을 먹고 난 뒤
토끼 밥을 주고
요강을 씨로 가니
우리 담 넘에서 개고리 소리가
들린다.
가만히 들어 보니 개고리가
골골골골 하고 운다.

(1963. 4. 29.)

* 개고리: 개구리. 깨구리. 개구락지. 개구래기.
* 씨로: 씻으러.
* 넘에서: 너머에서.

노구지리

김진국

우리 엄마 논 간다고
저 밑에 가 있다.
그래 갔다. 가당깨
노구지리가 멀리 올라가서
막 소리를 내며
논으로 삭 내리옵니다.

(1963. 4. 30.)

• 노구지리: 노고지리. 종달새. 종달이.
• 가당깨: 가다니까. 가니까.

모자리 터

이순희

모자리 터에는
물들이 하얍니다.
자세히 보니
물들이
출렁거리고 있는데
못같이
출렁출렁합니다.
나는 한참 보고
집에 돌아왔습니다.

(1963. 4. 30.)

* 모자리 터: 못자리 터.

소낙비

유영주

참새는 어데 있을까?
또 아가시나무가
흔들린다.

(1963. 5. 14.)

* 아가시나무: 아카시아. 아까시나무.

아카시아꽃

김정길

야아,
아가시꽃 냄새가 좋아.

야아,
아가시꽃 끌어 가지고
먹어 보까.

야아,
많이 있구나.

(1963. 5. 18.)

* 끌어 가지고: 잡아당겨 가지고.

보리

조병년

학교 올 때
보리가
다 넘어간다.
내가
이내기 줄라 해도
학교 가기 늦으까 바
나는 학교에 간다.

(1963. 5. 28.)

* 이내기 줄라: 일으켜 주려(고).
* 늦으까 바: 늦을까 봐.

앙마구리

이영희

앙마구리가
개골개골 운다.
나뭇잎에
물방울이
떨어진다.
(1963. 5. 31.)

* 앙마구리: 엉머구리. 개구리의 한 종류. 몸이 크고 누런빛이며 등에 검누른 점이 있음.

까치

이경희

우리 집 뒷밭에
아가시아나무 있는 데
거게 까치가 집을 짓고 있다.
어제
까치 두 마리가 싸우다가
한 마리가 죽고
한 마리는 날아갔다.
나하고 종환이하고 인모하고
죽은 까치를
우리 앞산에
끌어 묻었다.

(1963. 9. 26.)

옥수구죽

박갑분

나는 옥수구죽을
끼리도 먹기가 싫은데
다른 아이들은 먹니라고 한장이다.

(1963. 9. 26.)

* 옥수구죽: 옥수구죽. 옥수수죽. 강냉이죽. 옥수수 가루로 끓인 죽.
* 끼리도: 끓여도.
* 먹니라고: 먹느라고. 먹는다고.
* 한장이다: 환장이다. 제정신이 아니다. 미쳤다.

별

주형철

밤에 신작로에 가니
달은 반달이다.
별은 큰 별 작은 별
모두 반짝이는 별.
별들은 즐겁게
하늘과 구름 사이에 있다.

(1963. 9. 26.)

달과 별

박정숙

달과 별이 반짝반짝한다.
달은 반달이다.
달이 반 갈라졌다.
달이 자꾸 가는 거 같다.
어머니한테 물어보니
구름이 가서 그렇다 하신다.
나는 자부름이 난다.

(1963. 9. 28.)

* 자부름이 난다: 졸음이 온다.

모밀꽃

이득훈

소 띠끼로 가니
모밀꽃이
햇빛에 환하다.
모밀꽃이
좋아서 햇빛을 바라보고
하하 웃다가
옆에 있는 여러 동무들하고
이야기한다.

(1963. 9. 28.)

* 띠끼로: 뜯기로. 뜯기러. 먹이러. (소에게) 풀을 뜯어 먹이러.
* 모밀꽃: 메밀꽃. 미물꽃.

금동수 안동 대곡분교

고구마밭

유영주

우리 고구마를 아래 다 캐고
어제 고구마 데불 지기로 갔다.
그래 기석이가 고구마 이삭 주로 왔다.

(1963. 9. 28.)

* 아래: 그저께.
* 데불 지기로: 두벌 지기로. 두벌 캐기로.
* 주로: 주우러.

굴밤

김용구

학교 오는 길 젙에
굴밤나무가 있다.
굴밤을 딸라고
아이들이 큰 독크로
굴밤나무 밑에를 때리니
오도독하며 니찐다.
비 오는 같이 소리도 아름답다.
주워 보니
끄티는 빼죽하다.
달걀 같고
굴밤 껍지는 밥그럭 같다.

(1963. 9. 28.)

* 굴밤: 꿀밤. 도토리.
* 젙: 곁.
* 독크: 돌.
* 니찐다: 널찐다. 떨어진다.
* 끄티: 끄트머리. 끝.
* 껍지: 껍질. 여기서는 굴밤 깍정이.
* 밥그럭: 밥그릇.

사과

김용구

빨간 사과가 익어서 달다고
맨 끝 나무에 사과가
다섯 개 달렸다.
아, 그 사과는
주인이 모르고
안 땄다.

아가시아

박금순

아가시가 팔랑 한다.
참새가 아가시아잎에
앉다가 니쩔라 항깨
꼭 달아매인다.

(1963. 10. 12.)

* 아가시: 아가시아, 아카시아, 아까시나무.
* 니쩔라 항깨: 널찔라 하니까, 떨어질라 하니까.
* 달아매인다: 달라붙는다.

아침

정향숙

오늘 아침 하늘이
새빨간 단풍잎
같았습니다.
아침 해가 솟아오르는
아침 하늘입니다.
아침 해가 떠오를 때
온 세상이 환하다.

(1963. 10. 26.)

구름

박갑분

구름이
하늘에
동동동
떠다니고 있다.
참 예쁘다.

(1963. 11. 2.)

아가시아와 하늘

김순옥

하늘이
아가시아나무 가지 사이에도
하늘이
있고,
아가시야도 잎이
하늘 위에
있다.

(1963. 11. 2.)

---

* 아가시야: 아가시아나무. 아가시나무. 아까시나무. 아카시아나무.

아가시아

김정길

아가시아나무는 바람만 불면
샛노란 아가시아잎
곱기도 하여라.
아, 또 샛노란 아가시아잎
또
떨어지네.

(1963. 11.)

하늘과 구름

임순천

하늘에 구름이 우굴쭈굴
곰보같이 있다.
없는 데는 바다 같고
조금씩 있는 데는 바다에 섬 같다.
또 아주 조금씩 있는 데는
바다에 있는 고기 같다.

(1963. 11. 2.)

버드나무

김윤원

버드나무 떨어지네.
바람이 불면 상을 찡그리네.
바람이 불면은 고개를 숙이네.
바람이 불면 소리는 못 내지만
속으로 우네.

(1963. 11. 2.)

가랑잎

최인순

가랑잎이
니찌며 도는 거 같다.
가랑잎이
바람이 부니 걸어간다.

(1963. 11. 2.)

* 니찌며: 널찌며. 떨어지며.

가랑잎

김순옥

가랑잎이
추워서
내가 따뜻한 데 있으니까
나를
따라다닌다.
동생이 밟으니
바사삭
하면서 웁니다.

(1963. 11. 22.)

햇빛

정화자

햇빛이
내 머리에 비췄다.
아이 따시라 하미
내 머리를 만지니
손이 따뜻하다.

(1963. 11. 16.)

* 비췄다: 비쳤다.
* 따시라: 따스해라. 따뜻해라.
* 하미: 하며.

상주 청리

서리

박정숙

서리가 온 것이다.
과수원 사과밭에
서리가 빼죽빼죽하다.
우리 이웃집 사람이 어른한테
과수원에 꽃 폈다고
하십니다.
과수원에는 줄로
배나무하고
사과나무가 있으니
참말 꽃 같다.

새가 되면

남경삼

내가 새가 되면
먼 산에도 가고
산봉우리에 앉아서 구경도 하고
하늘에도 날아다니고
저 멀리 감나무에 앉아
동무들과 이야기하겠지.
밤이 되면 제 집에 들어가
가만히 있다가
달과 별이 비춰 주면
달을 보고
내가 별과 달이 되면 좋겠다고
생각할지 모르지요.

(1963. 11. 23.)

달밤

주형철

밖에 나와 보니
밤은 달이 떠서 환하고
빛나는 달밤
아이들이
그림자밟기
달빛 속에는 아이들이
놀고 있다.
아이 좋아라 하며
밖을 달려 나왔다.
또 어머니가 아이 좋아라,
하며 신을 끌고 나오신다.

(1963. 11. 23.)

나의 걱정

정익수

나는 걱정을 하고 있다.
도화지 살라고 돈을 가 오다가
잃어버렸다.
집에 가면 혼나고
돈도 다시는 안 주 끼다.
아래도 돈을 10원이나 잃었다고
아버지가 이누무 자석 돈 다 줬다
돈은 안 주 끼다 하셨는데
나는 오늘도 집에 가면 혼나겠다.
나는 돈을 잃어서 크게 걱정하고 있다.

(1963. 12. 2.)

* 가 오다가: 가지고 오다가.
* 주 끼다: 줄 끼다. 줄 것이다.
* 아래: 그저께.
* 줬다: 줬다. 주었다.

산

박정숙

곱고 고운 산.
산에는 나무가
팔을 벌리고
춤추는 것 같다.
뿌리도 팔을 벌리고
춤추는 것 같다.

(1964. 1. 15.)

돼지

옆방 집 돼지는 노래를 좋아하지요.
아주머니가 밥을 주면 더 주까 봐
노래를 부르지요.

(1964. 1. 23.)

* 주까 봐: 줄까 봐.

연날리기

김경수

나는 밤새서 연을 날리고 있었다.
연실을 가지고 있는 손이 언 것 같다.
연은 높이높이 소리 없이 있다.
연은 바람하고 이야기하고 놀고 있다.
손은 연실을 감느라고 재미있게 있다.
연은 인제 실을 감으니 많이 안 올랐다.
연은 인제 내 키로 낮기 올라가 있었다.
연은 인제 땅에 떨어져 가만히 앉았다.

(1964. 1. 20.)

* 밤새: 마을 이름.
* 낮기: 낮게.
* 이 책을 엮은이가 가르친 아이들 시 모음《일하는 아이들》에는 제1행의 "밤
새서"가 "밤새에서"로, 제3행의 "높이높이"가 "높이높이 떠서"로, 제1행과 제
7행의 "있었다"가 "있다"로 되어 있다.—편집자

눈

정명옥

눈이 내리는데
먼 데에 눈은
안개가 막 내려오는 것 같다.
소나무에 내린 눈은
꽃이 돼 버리는 거 같다.
개아지붕에 내리는 거를 보니
눈술비가 자자 서서 나간다.
그래도 눈은 자꾸 내리는데
얼마나 왔는지 모른다.
지금도 기눈도 막 내린다.

(1964. 2. 6.)

* 개아지붕: 기와지붕.
* 눈술비: 진눈깨비. 눈과 비가 섞여 오는 것.
* 자자: 작작. 죽죽.
* 기눈도: (무슨 말인지 알 수 없음.)

눈

전옥이

아침에 학교에 오니 눈이 온다.
하늘에서 눈이 오면 나무잎에도 눈이 온다.
길에도 눈이 길을 다 덮어 준다.
눈이 첨에 오마 땅에 너러저마 다 녹는데,
눈이 많이 오니 안 녹는다. 자꾸 온다.
눈 위에도 눈이 오고
막 업히 가지고 온다.

(1964. 2. 6.)

* 첨에 오마: 처음에 오면.
* 너러저마: 널지마. 널찌면. 떨어지면.
* 업히: 업혀.
* 《일하는 아이들》에도 전옥이가 같은 날 같은 제목으로 쓴 시가 실려 있는
데, 마지막 2행으로만 되어 있다.-편집자

눈 오는 아침

강준환

눈은 우리 학교가 딴 집보다 좋은가
우리 학교만 내린다.
공부하는 거 들으로 오니라고 와도
땅에 떨어지면 물이고 하니
눈들이 부에가 나니까 막 징대를 해 가지고
공부하는 거 본다.

(1964. 2. 6.)

* 들으로 오니라고: 들으러 오느라고.
* 부에: 부아. 분한 마음.
* 징대를 해 가지고: (무슨 말인지 알 수 없음.)

봄

정정술

봄이 오면
감자 심고 앤도마콩도 심고
달팽이도 나오고
그래 얼마 안 가면 감자꽃도 피고
앤도마콩도 이파리에 달팽이가 붙어서
촉이 나옵니다.

(1964. 2. 10.)

* 앤도마콩: 완두콩.
* 촉: 촉각. 더듬이.

봄이 오면

정운오

나는 봄이 오면
산에 올라가서 진달래 꺾어다가
내 동생 준다.
나는 산에 가서 노래 부르고
진달래 꺾어다가 병에 꼽아 놓는다.

(1964. 2. 10.)

* 꼽아: 꽂아.

봄

남경삼

봄아, 오너라.
겨울 동안 땅속에 숨은 할미꽃아,
잔디 풀 속에서 봄 생각하며
봄노래만 부르고 있느냐?
땅속에 할미꽃 봄 생각하며
봄아, 오너라. 노래만 부르느냐?
하늘에는 해님이 할미꽃 생각하며
방긋이 웃는다.

(1964. 2. 10.)

박준석 안동 대곡분교

봄

김성환

봄이 오면 잔디밭에
잔디 싹이 고불고불.
새파란 새싹이 집에 있는 파처럼
새파란 싹.
땅속에 있는 개구리도 땅속에서 올라와서
개미와 같이 놀 것이다.

(1964. 2. 10.)

봄

봄이 오면
나는 지게 지고
시미기 하러 가서
새파란 풀을 뜯어서
지게에 질머서
지고 올 때
진달래꽃을
시미기 위에
꽂아 오면
나비가 날아들겠지.

(1964. 2. 10.)

* 시미기: 소에게 먹이는 풀. 꼴.
* 질머서: 짊어서. (짐을) 얹어서.

봄아 오너라

김인원

봄아, 오너라. 봄이 되면
나는 잠깐 대구에 간다.
봄아, 오너라. 봄이 되면
나비들이 춤추는 산을 넘고 기차를 타고
대구를 간다.

(1964. 2. 12.)

버들강아지

봄아, 오너라.
어서 오너라.
버들강아지야,
봄이 되면 보고 싶다.
오늘도
버들강아지 생각.
집에 가만 생각.
버들강아지,
산 밑에서
도랑에서
봄을 기다린다.

(1964. 2. 10.)

* 집에 가만: 집에 가면. 집에 가면서.

눈 쌓인 산

유승자

아, 눈 쌓인 산은 언제나
봄아, 봄아, 오너라.
내 머리에는 눈이 한껏 앉아 있다.
봄아, 봄아, 오너라. 어서 와서
내 머리 눈 쌓인 것 다 녹아 도가,
하며 노래를 부른다.

(1964. 2. 12.)

* 한껏: 한껏. 가득.
* 도가: 다오.

버드나무

김윤원

버드나무 봉사다.
봄 안 와 봉사다.
봄이 되면
눈을 뜨고
하얀 수염 내놓지.

(1964. 2. 15.)

* 봉사: 장님. 눈이 멀거나 어두워 못 보는 사람.

토끼풀 뜯기

정달영

봄이 오면 토끼풀 뜯기.
대래키 가지고 한 대래키 뜯어
집으로 와서
한 호콤 주고,
저녁 바람에도 주고.

(1964. 2. 17.)

* 대래키: 아가리가 좁고 바닥이 넓고 작은 바구니. 싸리나 대로 만든다.
* 한 호콤: 한 움큼.
* 저녁 바람: 저녁때.

4학년이 되면

김진국

4학년이 되면
꽃들도 새로 1학년이 되지요.
또 나무잎이 필라고 움트지요.

(1964. 2. 17.)

4학년이 되면

조병년

나는 따뜻한 나무 밑에 서 있다가
4학년 생각하는 게 얼마나 기분도 좋고,
글씨본도 쓰고 책만 봐도 어렵겠구마 하며
을럭 4학년에 뛰어오르마 생각한다.

(1964. 2. 17.)

* 을럭: 얼른.

4학년이 되면

임순천

4학년이 되면 책값을 내야 한다.
아버지께선 날마다 걱정을 하고 계신다.
나는 4학년이 되는 것은 기쁜데
책값이 모자랄까 바 그것이 걱정된다.
그 걱정 없으면 좋은데
걱정이 있어서 4학년이 되는 것 좋지 않은 것 같다.

(1964. 2. 17.)

4학년이 되면

정달영

4학년이 되면, 봄이 오면
화단에 가 보면 인물이 난다.

(1964. 2. 17.)

* 인물이 난다: 사람의 생김새나 됨됨이가 잘나 보인다. 여기서는 화단이 인물 나는 사람처럼 보기에 좋다는 느낌을 나타낸 말임.

4학년이 되면

이경희

아, 나는 4학년에 올라가면
얼마나 좋을까.
나는 얼른
4학년이 되면 상급생이다.

(1964. 2. 17.)

4학년이 되면

정봉자

나는 4학년 책이 없어서
멀로 공부할까 싶으다.
학교 갔다 와서 4학년 책 구하러 가니
아무도 없다.

(1964. 2. 17.)

* 멀로: 뭘로. 무엇으로.

글씨를 못 써서

김규현

나는 글씨를 못 써서 걱정이다.
아이들은 나보다 조금 더 잘 써서
나는 어쩌면 글씨를 잘 쓸까?
하고 생각한다.

(1964. 2. 15.)

우리 집

권용숙

우리 집에는 양식이 없어서
어제 아침에도 국수 해 먹고
어제 점심때도 국수 해 먹고
저녁때도 국수 해 먹었다.

(1964. 2. 22.)

풀

김승식

풀이 올라온다.
햇빛이 풀한테
쨍쨍 쬐인다.

(1964. 2. 22.)

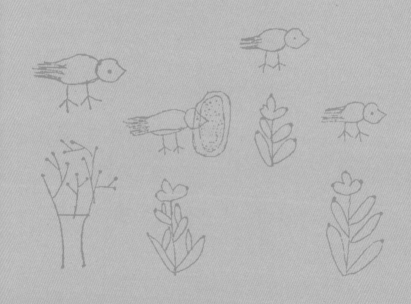

3부

보리야, 죽지 말고 살아라

(4학년 편, 1964년 3월~1964년 9월)

1학년 아이들

남경삼

선생님이 하나 둘 하니
1학년 아이들이 셋 넷 하는 기
참 재미있다.
내가 다시 1학년이 되면 좋은
생각이 난다.

(1964. 3. 7.)

* 하는 기: 하는 게. 하는 것이.

바람과 하늘

윤영도

바람이 솔솔 불어서
저편 하늘로 간다.
새파란 하늘이다.

(1964. 3. 7.)

보리

김성환

보리는 눈 속에 있다가
인제 눈이 녹으니 새파란 싹
바람에 팔랑팔랑 춤추는 것 같다.
마른 새싹도 있다.
파란 싹 잘 살아라.
죽지 말고 살아라.

(1964. 3. 7.)

막차

유승자

막차가 뿡 하면서 철길로 내려온다.
정거장 가까이 올라 할 때 땡땡땡 하는 소리.
철거덕하고 기차가 쉰다.
사람들이 내린다.

(1964. 3. 7.)

눈 쌓인 나무

김정길

눈이 오니 나무가 무거운 듯이
고개를 숙이고 있다.
땅하고 무슨 약속을
하는 것 같다.

(1964. 3. 17.)

버드나무

김순옥

버드나무가 늙어서
지팡이를 짚고
벗죽하이
운동장에 서서 있다.

(1964. 3. 17.)

---

* 벗죽하이: 벗죽하게.

산

박훈상

저 멀리 산봉우리
아지랑이 끼었다.
산줄기가 쪽쪽 그어 있다.
산봉우리 위로
구름이 지나간다.

(1964. 3. 17.)

온실

위원복

온실에는 꽃들이 피었다.
유리창 안에서 발갛게 폈다.
온실에는 아이들이 뱅 서 있다.
해가 비쳐 주는 봄.

(1964. 3. 20.)

집에 갈 때

정봉자

나비가 지붕에 앉을라 카다가
또 하늘 높이 날아갔다.
중학교에는 아이들 소리도 안 들리고,
물결 소리만 들리고 있다.

(1964. 4. 4.)

* 카다가: 하다가. ~고 하다가.

시냇물

여해순

시냇물은 바닷물 소리같이 흐른다.
시냇물은 흐르는데 하늘에는 따스한
햇볕이 쨍쨍 쬔다.
나는 잔디에 앉았다.
나는 훨훨 날아다니는
새들 같다.

(1964. 4. 4.)

개나리

황용순

오늘 아침에 학교에 와 보니
개나리꽃도 봄이 왔다고
꽃필 생각을 하고 있다.
어제 온 빗물을 빨아 먹고 살아났다.
내일 정때쯤 되면 꽃이 활짝 피겠지.

(1964. 4. 4.)

* 정때쯤: 오후쯤.

복숭아꽃과 나비

햇빛이 쨍쨍 비치는데
복숭아 꽃송이에 흰나비가
나풀나풀 춤을 춥니다.
아지랑이 속에서
춤을 춥니다.

(1964. 4. 4.)

냇가에서

정홍수

냇가에 앉아 물소리를 들으니
졸 졸 졸……
신작로 옆에는 철둑길이 있고,
철둑길에서 기차가 뿡 하고,
그 옆에는 자전거가 막
달리가고 있다.
서산에는 아지랑이가 막 솟아오르네.

(1964. 4. 4.)

* 달리가고: 달려가고.

술안지

김진복

술안지가 다니는데
그 밑에 그렁지가 있고
그 위 술안지가 치는
동그라미가 있다.

(1964. 4. 4.)

* 술안지: 물방개.
* 그렁지: 그림자.

참나무

정점숙

　따뜻한 땅속에서 참나무 한 나무가 새파랗게 돋아
났다. 참 곱게 돋아났다.

　(1964. 4. 29.)

나뭇잎

박운택

나뭇잎이 살랑살랑
흔들린다.
바람이 불었다.
나뭇가지 잎들이
흔들린다.
흔들리는 기 참 좋다.
나뭇잎 온갖 기 다
흔들린다.
흔들리는 기 아름답다.

(1964. 4. 29.)

* 흔들리는 기: 흔들리는 게. 흔들리는 것이.

나무

주형철

새파란 나무 잎사귀
동네 밑으로 새파란 나무
동네는 새 동네 같다.

(1964. 4. 29.)

이태기 안동 대곡분교

수양버들

김정길

수양버들나무 위에 까치 한 마리가
온몸을 움직이고 있다.
수양버들나무는 까치한테 혼난 듯이
고개를 수구리고 흔들리기만 한다.

(1964. 4. 20.)

* 수구리고: 숙이고.

흐르는 냇물

권영희

물이 내려간다.
햇빛이 쨍쨍 비쳐 주만
냇물은 반짝반짝 내려간다.
냇물은 돌을 넘어 내려가네.
냇물은 내려가는데 참 아름답다.
냇물은 반짝반짝하는 기 참 좋다.

(1964. 4. 20.)

* 비쳐 주만: 비쳐 주면.
* 반짝반짝하는 기: 반짝반짝하는 것이.

냇물

조병년

냇물은 졸졸
빨래 소리가 요란하게
똥똥똥 난다.
빨래에 물을 적셔
또 방매로 두드린다.
빨래에서 물방울이 생겨
냇물 따라 졸졸졸
따라갑니다.
방울은 셀 수 없이
떠내려가고
빨래 소리 물소리
요란하게 들린다.

(1964.)

* 방매: 방맹이. 방망이.

안개

정향숙

산 밑에는 안개가
깍 덮었다.
안개가 산을 덮고
나무도 덮었다.
소나무가 아널아널하게
보인다.

(1964. 4. 20.)

* 깍: 꽉. 온통.

안개

강희철

수리조합 만대기에 아이들이 간다.
안개 때문에 아이들이 고장가리같이 보인다.
나는 한참 보았다.
그래 아이들이 앉았는 같다. 그래도 간다.
나도 한참 그러다 그래 언제 왔는지
학교에 왔다.

(1964. 4. 20.)

* 만대기: 고개.
* 고장가리: 꼬장가리. 막대기.

안개

박갑분

안개 속에 발간 살구꽃이
하얀 안개 속에 살구꽃이 발갛게
비쳤다.
살구꽃에 해가 비치면
살구꽃이 얼마나 좋아할까?

(1964. 4. 20.)

* 비쳤다: 비쳤다.

옹해꽃

조병년

옹해나무 곁에 가면
맛있는 고기 찌지는 맛있는 꽃.
눈이 내리는 듯이 새하얀 꽃.
얼굴이 하얗고 가운데 뾰족한 옹해.
어제도 나무 밑에서 맛있는 냄새에
그만 잠이 들었다.

(1964. 4. 20.)

* 옹해꽃: 오얏꽃. 자두꽃.
* 옹해나무: 오얏나무. 자두나무.
* 곁: 곁.
* 찌지는: 지지는.

연기

김태순

저녁밥을 짓는다.
굴뚝에서 연기가 살모시
땅 밑으로 내려앉았다가
또 하늘로 올라간다.
연기는 많이 많이 올라가니
보이지 않는다.
저녁밥은 보글보글 끓는다.
맛있는 냄새가 자꾸만 난다.

(1964. 4. 20.)

* 살모시: 살며시.

사과꽃

윤영도

학교 교문만 들어오면
사과꽃 냄새가 향긋하게
흘러온다.
사과잎도 파릇파릇
잎사귀가 나온다.

(1964. 4. 25.)

호박 새싹

정종수

호박씨
껍지로
모자 쓰고
서 있다.

(1964. 4. 26.)

* 껍지: 껍질. 껍데기. 껍디기.

나무잎

최인순

나무잎 헌들거리는데
이퍼리만 헌들거린다.
또 한참 보니 가지도
헌들거린다.

(1964. 4. 29.)

* 헌들거리다: 흔들리다. 경북 지방에서는 '헌든다' '헌들린다'고 말한다.
* 이퍼리: 이파리. 잎사귀. 잎.

시냇물

유영주

시냇물이 출렁출렁
소리가 난다.
질가에는 사람이
지나가고
내 마음은 참 곱다.
(1964. 4. 29.)

* 질가: 길가.

보리

강희철

보리가 물결같이
하늘하늘한다.
바람이 조금만 불어도
하늘하늘한다.
바람이 안 불마
가마니 있다.
물도 보리와 함께
하늘하늘거린다.
물결 소리도
찰랑찰랑
소리도 잘 난다.
바람이 안 불만
고요하다.
그래 참 기뻤다.

(1964. 4. 29.)

* 불마: 불면.
* 가마니: 가만히.

바람

김진복

보리밭에 바람이 지나가니
바다에 물결치는 거 같다.
그리고 자꼬만 보다니
아가시야꽃 냄새가
은그이 났다.
그리고 저 멀리
참나무가 금같이
내 눈에 반짝 빛난다.

(1964. 4. 29.)

* 물결치는 거: 물결치는 것.
* 자꼬만: 자꾸만.
* 은그이: 은근히. 남모르게 깊이, 드러나지 않게 조용히, 다정하게 따위 말
과 뜻이 비슷함.

나무

정향숙

산속에 나무들이
깍 들어찼구나.
온 천지가 연두빛으로
변해서
나무들이 우리를
눈부시게 비쳐 준다.

(1964. 4. 29.)

• 깍: 꽉. 온통.

그렁지

냇가에 아가시나무
냇물에
그렁지.
냇물 내려가는
물마다
그렁지가 서 있다.
모래 있는 데도
서 있다.

(1964. 5. 4.)

* 그렁지: 그림자.

아가씨아

아가씨아는 위에 있어서
아이들이 딸라고 괭이로
아가씨아꽃이 많이 있는
가지를 딸라고 한다.
아가씨아꽃 냄새는 참 좋다.
아가씨아는 흰 꽃을
활짝 피우면
아이가 먹고 싶어
운다.

(1964. 5. 9.)

* 아가씨아: 아카시아. 아가시아. 아가시. 아까시나무.

이대흠 안동 대곡분교

아가시아꽃

김경수

도랑에 들어가
손발을 씻고 오는데
아이들이 아가시꽃을
꺾어 먹는다.
나도 괭이로 한 가지
붙잡아 가지고
주욱죽 훑어서
오며 먹었다.

(1964. 5. 9.)

실습지

황용순

실습지에 가서 일을 하는데
땀이 팥죽같이 흘렀다.
땀 흘리며 일하시는
다른 아버지 어머니들이
일하시느라고 얼마나 고단하실까
생각했다.

(1964. 5. 9.)

* 실습지: 학교에서 학생들이 곡식이나 나물을 심고 가꾸는 공부를 하기
위해 마련한 땅.

땀

강재순

땀이 흘렀다.
아이들은 괭이와 호미로
땅을 쫏으며
땀을 많이 흘렀다.
아이들은 땀을 흘리며
땅을 막 쫏는다.
아이들 땀 비 오듯 내린다.
나한테도 땀이 비 오듯 한다.
나닝구가 배리서 등때기가 따거와서
저고리를 벗고
막 부쳤다.

(1964. 5. 9.)

* 쫏으며: 쪼며.
* 나닝구: 러닝셔츠.
* 배리서: 버려서. 땀에 젖어서.
* 등때기: 등. 등떼기. 등떠리.

보리

박희복

이제 한 달만 있으면
보리가 누렇게 익고
보리 벨 때가 되면
우리 집 식구들과 같이
보리를 베고
보리타작을 하겠지.
아주 바쁜 날은
학교도 못 가고
집에서 일을 하겠지.

(1964. 5. 9.)

개가죽

김진국

개가죽
노란 꽃
폈다.
개가죽이 어느 게
꽃을 만들어 내까.
또 노랗게
만들어 내까.

(1964. 5.)

---

* 개가죽: 개가죽나무. 가죽나무.
* 폈다: 피었다.

아가시아

전윤희

아가시아
피었구나.
벌이
달라든다.
봄바람 산들산들
지구를 돈다.
나무가지 푸른 잎새.
금추리 꽃잎이
옹기종기 모여 있다.

(1964. 5. 9.)

* 금추리 꽃잎: 원추리 꽃잎.
* 아가시아: 아카시아. 아가씨아. 아가시. 아까시나무.

아가시아꽃

남경삼

아가시아꽃 향기로와요.
냄새 고소해요.
바람 불면 노래
바람 노래 해요.
바람아 바람아 불어라
내 꽃 얼굴 바람 따라
날아간다.
바람아 바람아 불어라
부산까지 날아간다.

(1964. 5. 11.)

아가시꽃

전옥이

야, 아가시야꽃 높고 높은
나무 위에 많고도 많다.
가물가물한 나무 위에 아가시야꽃
안에는 노란 것이 있다.
아, 달아라. 꿀 같은 아가시야꽃.

(1964. 5. 13.)

* 아가시꽃: 아가시야꽃. 아카시야꽃.

오동나무꽃

오동나무꽃 마이크 같다.
마이크 같은 새로 햇빛이 쪽
비쳐 들어온다.
거기에서 재재골 재재골 한다.
보니 아무것도 보이지 않는다.
나무 새로 새 새끼 한 마리가
낑기 앉아서 재재골 한다.

(1964. 5. 13.)

* 낑기: 끼여.

152

오동꽃

여해순

오동꽃 보라색 오동꽃을 따 가지고 분다.

오동꽃 열매 따 가지고 갈라 보면 속에는 연두빛
또 그 속에는 알맹이가 있다.

오동꽃은 나팔같이 생겼다. 아이들은 오동꽃을
따 가지고 나팔 분다. 오동꽃 보라색 꽃잎의 가로는
꼬불꼬불하다. 오동 꽃잎은 삼각형 같다.

잎사귀는 연두빛 바람이 불면 나무가지는 한들한
들한다. 저 멀리 들에 산에서는 향기로운 아카시아꽃
냄새가 묻혀 오고 뜰에는 찔레꽃 냄새가 풍겨 온다.

(1964. 5. 13.)

감나무

원도일

감나무에는 조그마한 감꽃이
필라고 준비를 한다.
감 맹아리가 수없이
매달려 있다.
그 맹아리가 꽃이 피고
감이 된다.
그다음에 감이
발갛게 익는다.
감나무 가지에 발간 홍시 보면
춤이 넘어간다.
아이들은 홍시 주으로
바가지 종도랭이 들고
밭에 들어가 빠대긴다.

집에 와서 종이나 깔아 놓고
홍시 보면 좋아서 웃는다.
홍시를 따개면 물렁물렁하는데
짜 먹는다.
생각만 하면 춤이 넘어간다.

(1964. 5. 13.)

* 맹아리: 몽우리. 망울. 꽃망울. 새눈.
* 춤: 침.
* 종도랭이: 종다랭이. 종다래미. 종다래끼. 작은 다래끼.
* 빠대긴다: 빠덴다. 밟는다.
* 따개면: 짜개면. 쪼개면.

소나무

김성환

산에는 소나무 씨가
빠진 씨가 물을 빨아 먹고
새파랗게 돋았다.
가지 끝에 한가운데로 모여서
의논하는 것 같다.
씨 껍데기가 비를
기다리고 있다.
하늘을 보고 있다.
언제나 큰 나무만창
자라겠나.

(1964. 5. 14.)

* 나무만창: 나무만치. 나무만큼.

감꽃

박근옥

감꽃이 피라고
조그마한 감꽃 같은 기
나왔다.
고 감꽃 같은 기
참 예뻤다.
감꽃이 얼른 피었으면
참 좋겠다.

(1964. 5. 14.)

* 같은 기: 같은 게. 같은 것이.

프라다나스

임순천

프라다나스 잎사귀가 똑 내 동생
손바닥 같구나.
프라다나스 잎사귀를 따다가
내 동생에게 갖다 주면
"내 손바닥, 내 손바닥"
하면서 주지 않고
자랑할 것 같구나.

(1964. 5. 13.)

* 프라다나스: 푸라나스. 푸라타나스. 플라타너스. 프라탄나무. 방울나무.

푸라나스

정봉자

푸라나스나무가 바람이 불면
끝티가 흔들리니
안에 나무도 따라서
한들한들거리면
다 따라서 한들거린다.
푸라타나스 방울 하나
똑
떨어진다.

(1964. 5. 13.)

* 끝티: 끄트머리. 끝쪽.

푸러타나스

김준규

푸러타나스나무를 쳐다보니
어찌 이렇게 가물가물한지
아, 저렇게 높은 나무일까.
내 마음에는 참 크다고 한다.

(1964. 5. 13.)

* 푸러타나스: 플라타너스. 뿌라다나스. 프라탄나무. 방울나무.

배수복

뿌라다나스

김윤원

물만 먹고 자라 가는
뿌라다나스.
손바닥 잎사귀
여러 수십 개가 살랑살랑
춤추는 뿌라다나스의 잎.
가지가 흔들리면 잎사귀는
한없이 우리들을 부른다.
나무가지도 부른다.
바람은 시리리링 하고 지나간다.

(1964. 5. 25.)

딸나무

정정술

아이, 딸나무
누가 캐 갔나.
(1964. 5. 25.)

* 딸나무: 딸기나무.

보고 싶은 언니

전윤희

언니는 시집가서 무엇을 하겠나.
반질이나 하고 빨래나 하지.
마음속으로 언니, 하고 불렀다.
어머니, 하고 언니는 어머니를 부른다.
언니 눈에는 눈물이 고이고
오늘도 반질, 내일도 반질.
언니, 언니, 보고 싶은 언니,
언니는 재시물에 손을 씻으며
저녁 짓다 말고 나를 부르겠지.
나는 눈물 흘리며 언니 부른다.
언니.
왜 시집갔어. 집에 있지.
언니는 고향 땅이 여기서…… 하고
노래를 부르겠다.

(1964. 5. 26.)

* 반질: 바느질.
* 재시물: 개숫물. 설거지물.

햇빛 비치는 날

원도일

햇빛이 비치는 날에는
들에는 모가 새파랗게
자란다.
못에는 아이들이
물장난만 치고 있다.
물방울은 하늘로
올라간다.
물방울은 큰 구슬같이
나온다.
산에서는 뻐꾹새
노래한다.

(1964. 5. 31.)

파리

강준환

어, 파리가
창문에 바뜨러
널쩌네.
자꾸자꾸
널쩌네.
어, 이제
안 올라간다.
파리가 아픈 듯이
앉아 우는 같다.

(1964. 6. 1.)

* 바뜨러: 받혀. 부딪혀.
* 널쩌네: 널찌네. 떨어지네.

코스모스

정화자

아마, 코스모스가
고새 피있다.

(1964. 6. 18.)

* 아마: 어마. 어머. 어마나. 어머나.
* 고새: '고사이'를 줄인 말.
* 피있다: 폈다. 피었다.

돌

박근옥

돌 하나를 주워 가지고
보니까 비죽비죽 튀어났다.
땅에 있는 돌은
수만 개가 된다.
돌은 우스운 게 다 있다.

(1964. 6. 20.)

* 튀어났다: 튀어나왔다.

버들나무

정익수

버들나무는 맨 위에
머리를 깎고
밑에는 새파란
옷을 입었다.
마른 잎사귀
가느란 가지가
살랑살랑 춤추는 같다.

(1964. 6. 20.)

* 가느란: 가느다란.

제비

이득훈

멀리
제비가
가랑잎처럼
아질아질하게
날아갔다.

(1964. 6. 20.)

제비와 구름

김석범

저 먼 하늘에 구름 한 덩어리가
둥둥 떠다니면서
제비 한 마리가 구름 타고 호시할라고
막 구름을 따라간다.
구름은 자꾸자꾸 간다.

(1964. 6. 20.)

* 호시할라고: 호사할라고. 무엇을 탔을 때 흔들거리는 재미를 '호사한다'
'호시한다'고 함.

우리 집 봉숭아

박근임

낮에는 있더니
밤사이에 와서
바람이 봉숭아를
띄 갔구나.

(1964. 6. 20.)

* 봉숭아: 봉숭아꽃.
* 띄 갔구나: 뜯어 갔구나. 떼어 갔구나.

먼 산

김승식

먼 산에 아지랑이가 김같이 올랐다.
먼 산에 나무가 새파랗다.
산에 봉-우리가 티났다.

(1964. 6. 20.)

* 티났다: 튀어나왔다.

아침

김규현

오늘 식전에 밀을 저라 한다.
우리 시는 한 짐 졌다.
나는 넉 짐 정깨 그래 해가 떴다.
방에 드가서 밥을 먹을라 하니
우리 시는 하매 갔다.
나는 눈물이 날라 한다. 백지 넉 짐 졌다.
우리 시는 한 짐 졌는데.
나는 내일 아침부터 한 짐 져야지.

(1964. 6. 22.)

* 저라: 저라.
* 시는: 형은.
* 정깨: 지니까.
* 드가서: 들어가서.
* 하매: 하마. 벌써.
* 백지: '공연히' '괜히'란 뜻으로 쓰는 말.

선생님이 꾸중하시는 말씀

임순천

시를 써서 선생님께 내니까
"이거 생 억지다. 아버지 주름살이 뭘
알려 준다, 고맙다, 하는 것은 억지다.
다시 한 번 더 써라"
하실 때 나는 부끄러워서
고개를 숙이고 아무 말도
못 했다.

(1964. 6. 22.)

히마라야시다

윤영도

교문에 들어오면
싱싱하게 뻗어 간 나무.
총대 들고 있다.

(1964. 6. 22.)

돌그네

정민수

돌그네를 타다가 놓면
줄이 좋다고 서로 빨리 돌라고
뱀같이
구불덩구불덩한다.

(1964. 6. 22.)

* 돌그네: 돌림그네.
* 놓면: 놓으면.

교실에 앉아

김진복

교실에 가만히 있다. 그러면 배고픈 것 같은 것이
발발 떨린다.

(1964. 6. 22.)

홍옥분 안동 대곡분교

우리 집

정하우

우리 집에는 할머니가 아파서
돈 천 원 들겠다 합니다.
나도 아파서 돈을 천 원이나
들겠다 합니다.
돈 이천 원이나 든다고 아버지가
걱정을 대단히 합니다.

(1964. 6. 22.)

팔

김종수

나는 팔을 불개서
교실에 있다.
깝깝해서
한데 나갔다.
철봉을 하구 수아도
아파서 못 한다.

(1964. 6. 22.)

* 불개서: 부러뜨려서. 분질러서.
* 한데: 바깥(에).
* 하구 수아도: 하고 싶어도.

가죽나무

이길영

가죽나무 곁으로 지나갈 때마다
배가 아파서
그리로 지나갈 때마다 머리도
아파서
그래 지나가기도 싫다.

(1964. 6. 22.)

* 절: 곁.

구름

김진국

파란 하늘에 해가 솟았다.
구름이 겁이 나서
살금살금 기어 다니다가
해한테 들키면 막 달아난다.

(1964. 6. 22.)

살구

정운오

아침에 살구 주로 갔다.
콩을 들썼다.
살구가 세 개 있다.
살구를 주서
내 동생 하나 주고
우리 시야 주고
나 하나 먹었다.

(1964. 6. 22.)

* 주로: 주우리.
* 들썼다: 들섰다. 들췄다.
* 주서: 주워서.
* 시야: 형아. 형.

살구

정화자

"아이, 달아라. 우째 이키 달야!"
"언니야, 나 좀 내."
살구를 쪼개서
동생을 한 쪽 주었다.

(1964. 6. 22.)

* 우째 이키 달야: 어째 이렇게 달아.
* 나 좀 내: 나 좀 주. 나 좀 줘.

고구마 물 주기

김영조

고구마가 비비 골은다.
고구마는 물을 주도
비비 골은다.
물을 주니까
물은 땅속으로
다 들어간다.

(1964. 6. 22.)

* 골은다: 곤다. 싱싱해야 할 풀이나 곡식이 물기가 모자라서 시들시들하게
되는 것을 '곤다'(골면. 골아서. 고니……)고 말함.
* 주도: 주어도.

접시꽃

권영희

접시꽃이 치마 같다.
접시꽃 안에는 콩알그치
생깄다.
접시꽃 안에는 초롱불 그따.
접시꽃 가세 불그치 환하게
피었다.
빨강 노랑 파랑 피었다.
접시꽃 열매는 조그만 아기꽃.
피어서 무엇을 생각하고 있을까.

(1964. 6. 22.)

* 콩알그치 생깄다: 콩알같이 생겼다.
* 그따: 같다.
* 가세: 가에. 가장자리에.
* 불그치: 불같이.

가순에 복숭

윤원숙

시간을 마치고 집에 갈 때나
올 때나 가순에 복숭 냄새가
난다.
나는 그거마 보면 춤이
넘어간다.
내가 아이들한테 캐 보니까
아이들이 가 보고 복숭아 익었다고
한다.

(1964.)

* 가순에: 과수원에.
* 복숭: 복상. 복숭아.
* 그거마: 그것만.
* 춤: 침.
* 캐 보니까: 말해 보니까.

과수원

유승자

과수원에 달린 과실
먹고 싶다.
빨가수름한 복숭아
먹고 싶다.
복숭아 냄새
맛있어 보인다.
아이, 복숭아
나 하나
따 주었으면.

(1964. 6. 22.)

사과

이성자

나는 과수원만 보만
사과가 먹고 싶다.
그래도 먹지 못한다.
어제 우리 시가
나무 모 숭구로 갔다.
내가 아기 젖 미기로 갔다.
그래 한참 있당께 그 집 주인이
치마에 많이 따 갖고 온다.

(1964. 6. 22.)

* 보만: 보면.
* 시가: 형이, 언니가.
* 나무 모 숭구로: 남의 모 심으러.
* 미기로: 먹이러.
* 있당께: 있다니까, 있으니까.

오늘 아침

권용숙

오늘 아침에 아버지가 나한테
마리 실고 닦고 학교에 가라 한다.
그래 내가 고마 학교에 늦어여 하니,
늦어마 어떠냐 한다.
늦어마 결석하지 우째여 하니,
늦어도 갠찮다 한다.

(1964. 6. 24.)

* 마리 실고: 마루 쓸고.
* 고마: 그만.
* 늦어마: 늦으마. 늦으면.
* 갠찮다: 괜찮다.

아기

정순조

공일 날 모를 심는데
어머니가 나한테 아기를 보라 카마
나는 아기를 보기 싫어서 놀러 간다.
가니 어머니한테 혼나까 바 걱정이고,
또 아버지한테도 혼나까 바 걱정이고,
또 집에 드가면 아버지한테 맞으까 바
걱정이다.

(1964. 6. 26.)

* 보라 카마: 보라 하마. 보라 하면.
* 혼나까 바: 혼날까 봐.
* 드가면: 들어가면.

호박꽃

정달영

호박꽃은 두 개는 졌다.
호박은 두 개 열었다.
호박꽃은 오늘 아침에
두 개 피었다.

(1964. 6. 28.)

채송아

정순조

운동장에마 나오면
채송아가 피서
운동장이 환하다.

(1964. 7. 1.)

* 채송아: 채송아. 채송화.
* 피서: 피어서.

접시꽃과 채송화

박선용

접시꽃과 채송화는 친한 동무다.
조그마한 채송화가
빨간 꽃과 노란 꽃이 피니까
접시꽃도 채송화를 보고
채송화꽃을 따라서
빨간 꽃과 노란 꽃이
피었다.

(1964. 7. 1.)

채송아

채송아꽃이 한 송이
피었다. 자세히 보니
채송아꽃이 참 크다.
그 안에 꽃술이 반짝반짝한다.

(1964. 7. 1.)

* 채송아: 채송아. 채송화.

소낙비

김용구

소나기가 짜드는데
아이들 와, 이리저리
몰려든다.
소나기
유리창에
창창
내리친다.

(1964. 7. 2.)

* 짜드는데: 퍼붓는데, 쏟아지는데, 막 부수는데, 때려 부수는데.

소나기

김진복

소나기가 오니 아이들이 마구
떠들어 대니
소나기가 그만 시끄럽다고
안 오는 것 같다.

(1964. 7. 2.)

소나기

유승자

소나기가 왕 하고 소리를 지른다.
야, 모 잘 심겠다 하고
소리를 질렀다.

(1964. 7. 2.)

소나기

강재순

갑자기 소나기가 짜든다.
우리들은 놀라서
바깥을 내다보았다.
소나기는 짝짝 하며
때린다.
비는 금방 오디만
그만 뜰꺽 그친다.
우리들의 마음은 금방
밝아졌다.

(1964. 7. 2.)

* 짜든다: 쏟아진다. 때려 부순다. 퍼붓는다.
* 오디만: 오더니만. 오더니.
* 뜰꺽: '덜컥'과 같은 말.

접시꽃

정점숙

접시꽃이
우리 교실 쳐다보고
방긋이 웃는다.

(1964.)

저녁

박훈상

사방은 어둡고
저녁놀은 사라지고
장에 가신 할머니가
아직도 안 오시고
도랑물 소리 졸졸.
들에 가신 일꾼들
삽 둘러메고
농사 얘기 하면서
집으로 돌아오네.
개구리 소리가
향기롭게 들리네.

(1964. 7. 26.)

고추잠자리

김석범

빨간 고추잠자리
하늘에서 내려온다.
날개를 쫙 피고 제비같이 내려온다.
우리 집 밀짚 더미에 앉았다.
빗자루를 들고 꼭 눌렀는데
확 날아간다.
공중으로 자꾸자꾸 올라간다.
비행기같이 날아간다.

(1964. 8. 20.)

난초꽃

김석범

우리 집 화단에 노란 난초꽃 피었다.
꼬마 선윤이가 꽃을 딸라고 한다.
호랑나비 한 마리가 날아와 앉았다.
난초꽃은 매우 덥겠다.
그늘도 없는 양지에서
땅은 뺏작 말랐는데 햇빛이 쬐인다.
난초꽃은 잎사귀도 없이
길다란 꽃대에
꽃만 노랗게 피어 있다.

(1964. 8. 30.)

* 뺏작: 바싹, 버썩, 버석 따위 비슷한 말이 있음.

가을

박운택

가을 오면 가을이다 좋아서
논에 나락도 익고
가을이면 나락이 고개를 숙인다.
가을아,
이제 내 이름은
가을이다.

(1964.)

* 나락: 벼. 경상도와 전라도에서는 '나락'이라고 함.

벌레 소리

김진복

오줌을 누러 일어나니
귀뚜라미 소리와 또 무슨
벌레인지 종종종 한다.
그 소리는 참 고왔다.
나도 그 소리를 낼 것 같다.
내려고 내려고 해도
그 소리는 빌빌빌 한다.
이제 그 소리는 못 낼 것 같다.

(1964. 9. 5.)

가을 하늘

김윤원

바다같이 푸르다.
배 한 척 없는 바다.
저쪽 하늘에서 구름이
배같이 넘어온다.
새파란 하늘.

(1964. 9. 7.)

밤

정홍수

밤송이 벌어지고
알밤만 툭툭 하고,
아이들도 알밤 주로
올라오고,
아이들은 밤나무 밑으로
살금살금 기어 다니면서
알밤에 바트리고 하다가
집에 가고 하지만
밤은 연신 툭툭 하고 니쩐다.
아이들 연신 주면성
난 작기 주웠다 한다.

(1964. 9. 21.)

* 주로: 주우러.
* 바트리고: 부딪히고. 받히고. 얻어맞고.
* 니쩐다: 니쩐다. 떨어진다.
* 주면성: 주우면서.
* 작기: 작게. 적게. 조금.

나락

이득훈

아침에
학교에 오다니
해님이 동쪽에서
떠올랐다.
나락들은 누렇게
익었다.
나는 이슬을
밟으며
학교로 왔다.

(1964. 9. 21.)

* 나락: 벼.

서숙

박선용

노란 서숙
고개 숙이고
서숙밭에 새 후치는
깡통
바람 불면
땡그랑 땡그랑
대가빠리만 달린
허수아비도
깍꿀로
덕새를 넘는다.

(1964.)

* 서숙: 조.
* 후치는: 쫓는.
* 대가빠리: 대가리.
* 깍꿀로: 거꾸로.
* 덕새를 넘는다: '덕수 넘는다'고도 함. 학교의 체육 시간에는 '앞구르기'
라고 하는데, 이 말은 사전에도 들어 있지 않다.

30년 전 산골 아이

30여 년 전 우리 마을에는 초등학생만 해도 칠팔십 명은 되었으리라 기억된다. 여름방학이 끝나고 처음으로 학교에 가는 날이다. 이른 아침부터 동구 밖 동산에 초등학생 또래들이 모여들고 있다. 등에 퇴비를 잔뜩 지고 가는 아이, 풀 빗자루를 손에 들고 가는 아이, 흙으로 만든 공작물을 소중하게 두 손으로 모아 가는 아이……. 그때의 방학 숙제는 퇴비 다섯 관, 빗자루 한 개, 풀씨 두 홉 따위들이었다. 아이들 사이로 지게를 지고 소를 모는 어른들이 간간이 지나갔다.

이렇게 다 모이게 되면 학생회장이 1학년 아이부터 줄을 세워 출발하게 한다. 그때는 거리에 자동차가 거의 다니지 않았는데도 마을마다 줄을 서서 왼쪽 길로 다녔다. 걷는 속도가 느리거나 빠르면 맨 뒤에 오던 6학년 학생이 "빨리 가는 전화" 또는 "느리게 가는 전화" 하고 목청을 높인다. 그러면 앞서가던 학생이 같은 말을 따라서 하고, 다시 앞으로 전달이 되고……. 산골짜기에 갑자기 개구리가 울듯 웅얼웅얼 한바탕 소란이 일며 맨 앞에 가는 학생에게까지 연결이 된다. 큰 소리로 합창을 하기도 하고, 앞뒤 학생끼리 장난도

치며 오 리 길을 굽이굽이 돌아서 날마다 학교에 다녔다.

우리가 다녔던 학교 운동장 건너에 실습지 밭이 있었다. 학교 아저
씨들이 밭을 갈고 우리가 손질을 해서 이랑을 지었다. 무, 배추 씨
앗을 선생님이 뿌려 주시면, 우리는 괭이와 삽으로 흙을 덮고, 호미
로 김을 맸다. 가물 때는 물도 주며 생명의 소중함을 알게 되었고,
식물이 자라나는 과정을 지켜보았다. 행여 이웃 반보다 못할세라
마음을 졸이며 사랑을 쏟았다.

일요일 새벽이면 상급생들은 키보다 더 큰 대나무 빗자루를 들고
마을 공터에 모여서 골목길과 마을 앞길을 쓸기도 하고, 길가에 코
스모스를 심기도 했다. 봄, 여름에는 나무로 긴 집게를 만들어 송충
이를 잡으러 학교 뒷산에 올랐고, 가을이 되면 겨울에 난로를 피우
기 위해 솔방울을 따러 산으로 다녔다. 농번기에는 가정실습이라
하여 학교에 가지 않고 모내기, 보리 베기, 벼 베기, 아이 보기 따위
의 농사일, 집안일 들을 도와야 했다. 공부보다는 먹고사는 것이 앞
선 것이다. 내 기억 속에 부모님으로부터 공부하라는 말씀은 한 번
도 들어 본 적이 없는 것 같다. 소 풀 뜯어 오너라, 밭에 김매러 가
자, 나무해 오너라, 토끼풀 뜯어라…… 이렇게 일이나 심부름하라
는 얘기만 늘 듣고 자랐다. 기계가 없었기 때문에 모든 것을 손으로
하던 시절이라 아이들의 고사리손까지도 빌려야 했던 것이다.

그런 중에도 소풍날이 되면 우리들 부모님은 특별히 선생님께 드
리라며 신문지에 소중히 싸 주셨다. 이것을 선생님이 받아서 다 풀
어 놓으면 삶은 고구마 대여섯 개, 계란 열 개, 군밤 한 뭉치, 곶감

몇 개…… 이게 전부였다. 그러나 하나하나에 부모님의 땀과 마음이 배어 있었다. 선생님은 이걸 그냥 드시지 못하고 평소에 도시락을 못 싸 오는 아이들을 불러서 골고루 나누어 주셨다.

1학년 때는 학교에서 모든 아이들에게 우유 가루를 나누어 주더니, 한 해가 지나니 옥수수 가루로 바뀌었고, 또 한 해가 지나니 옥수수 떡을 만들어 점심시간에 먹게 했다. 그리고 또 얼마쯤 지나니 가정 형편이 아주 어려운 아이들만을 골라서 점심에 옥수수죽을 주었다. 소풍 때는 옥수수 가루를 주어 도시락을 싸 오게도 했지만, 아침도 못 먹고 오는 아이들도 있었다.

나보다 두 살 위인 누나는 찌그러지고 구멍이 난 흰색 양은 도시락에 날마다 점심을 싸 가지고 갔다. 도시락 한 개로 둘이 나누어 먹어야 하는 것이다. 그래서 나는 점심시간이 조금 지나면 누나 반 복도 앞을 서성거려야 했고, 그 어린 나이에도 누나는 자기 배고픔보다 동생을 위하는 마음으로 네모난 도시락의 한쪽 모서리만 조금 먹고 도시락을 내게 건네준다. 도시락을 못 싸 오는 아이들에 대면 그것도 큰 다행이다.

초등학교 2학년 때부터 우리 반을 맡으신 이오덕 선생님은 공부 시간에 우리들을 데리고 학교 뒷산으로, 냇가로 자주 나가셨다. 그냥 놀러 가는 것이 아니라 자연 속에서 우리들 마음을 글이나 시로 나타내게 하는 것이다. 숙제도 늘 글쓰기를 해 오게 했다. 이렇게 하여 한 일주일의 글이 모이게 되면 선생님은 손수 철필로 긁고 수동 등사기로 밀어서 우리들에게 나누어 주셨다. 누런 8절지의 한쪽 면

에만 글씨를 인쇄했기 때문에 가운데를 반으로 접어서 송곳으로 뚫고 철끈으로 묶으면 16절지 크기의 멋진 책이 되었다. 물론 글마다 선생님의 정성 어린 그림도 곁들어 있다. 표지 제목만 선생님이 정해 주시면 우리들은 글씨를 쓰고, 좋아하는 그림도 넣어 표지를 예쁘게 꾸몄다. 책 내용은 모두 같지만 표지는 각자의 마음이 담기게 되는 것이다. 삐뚤삐뚤 쓴 〈흙의 아이들〉 〈푸른 나무〉라는 표지에 검은 철끈으로 묶인 글 모음 책을 나는 지금까지 보관하고 있다. 정말 소중한 보물이다.

그때 우리 반 친구들은 3년 동안을 계속 선생님께 배웠다. 집안일이 바빠서 글을 못 쓰는 아이도 있었고, 글쓰기를 무척이나 힘들어하는 아이들도 있었다. 하지만 자라면서 친구들 모두 선생님의 큰 가르침을 깨달을 수 있었다. 지금은 모두들 선생님을 아버지처럼 여기고 있다. 지금까지 해 왔던 것처럼 올여름에도 선생님이 계시는 충주에서 우리 반 아이들이 다 모였다. 그리고 지금까지 모두들 한결같이 성실하게 살아가고 있다. 그릇되게 살아가는 친구는 단 한 사람도 없다. 이것을 우연이라고 할 수 있을까?

1998년 박선용(청리초등학교 졸업생)

책을 낸 까닭과 몇 가지 풀이

이 어린이 시집은 지금부터 30여 년 전의 시골 아이들이 쓴 시를 모은 것입니다. 좀 더 정확하게 말하면 1962년 3월부터 1964년 9월까지, 경북 상주군 청리초등학교의 한 학급 학생 68명이 2학년에서 4학년 2학기 초까지 약 2년 반 동안 쓴 작품들입니다. 몇십 년이나 지난 옛날에 쓴 작품들을 이제 와서 이렇게 책으로 내는 까닭을 몇 가지 먼저 말하겠습니다.

첫째, 이 아이들의 시에는 잃어버렸던 우리 마음, 우리 삶이 있습니다. 우리 모두가 꿈에도 잊지 못하여 그리워하면서 그곳으로 돌아가고 싶어 하는 고향이 있고 자연이 있습니다. 누구나 잘 아는 대로 지난 30년 동안 우리 사회는 참 많이 달라졌는데, 더구나 농촌은 그 옛날의 모습을 찾을 수 없게 되었습니다. 그러나 그럴수록 우리는 잃어버린 우리 것을 마음속에서나마 찾아 가져야 하겠습니다. 우리들이 가졌던 사람다운 삶, 맑은 물과 공기, 새소리며 아름다운 하늘빛과 저녁놀, 그 속에서 땀 흘리고 일하던 나날, 보리밥 나물죽을 먹고 더러는 굶기도 하던 그 가난까지도 우리는 귀한 우리 자신의 세계로 마음에 새겨 보물처럼 소중히 간직해야 하겠습니다. 그

것 말고 도대체 이 땅에서 우리가 찾아 가질 수 있는 자랑이, 목숨의 뿌리가 무엇이 있겠습니까.

둘째, 이 시집에는 살아 있는 우리 말이 있습니다. 삶을 잃어버렸다는 것은 또 말이 병들었다는 사실이 됩니다. 지금 우리 말은 밖에서 들어온 말로 난장판이 되어 있는 데다가 우리 스스로 우리 말을 짓밟아 없애기에 정신을 잃고 있습니다. 어른들은 모두 경제 위기를 말하면서 걱정하지만, 경제보다 더 위태롭게 되어 있는 것이 우리 말이고, 경제가 이 지경으로 된 까닭도 말이 병들고 병든 말 따라 정신이 병들었기 때문입니다. 그러니 우리 말, 우리 얼을 살리는 일이 우리가 살아날 수 있는 오직 하나밖에 없는 길이고, 가장 급하고 근본이 되는 일입니다. 이 시집에는 오늘날처럼 우리 말이 크게 다치지 않았던 1960년대 농촌 말이 경북 상주 지방의 것으로 그대로 살아 있습니다. 우리 말을 깨우치고 찾아 가지는 귀한 자료가 될 것입니다.

셋째, 이 책은 우리 아이들에게 살아 있는 시를 가르쳐 줄 것입니다. 오늘날 우리 나라 아이들은 교과서로 잡지로 신문으로 잘못된 흉내 내기 동시를 읽고 쓰면서 참된 시를 모릅니다. 시를 모르고 자라나는 아이들, 말장난과 거짓글 꾸며 만들기로 자라나는 아이들은 사람다운 생각과 감정을 가질 줄 모르고, 사람답게 살아가는 마음 바탕을 일찌감치 잃어버리고, 병든 어른으로 되어 가거나 벌써 병들어 버린 사람이라 아니할 수 없습니다. 이 책에 들어 있는 모든 시는, 그때 그 굳어지고 비뚤어진 정치와 교육의 틀에서 매우 제

한된 교육을 할 수밖에 없었지만, 그래도 시를 쓴 아이들은 자연에 대해서나 가난한 농촌에서 일하면서 살아가는 자신의 삶에 대해서 깨끗한 마음을 가지고 그것을 받아들였기에, 아이답고 사람다운 마음을 가진 그대로 나타낸 시가 되었습니다. 머리로 말을 꾸며 만들고 흉내만 내는 동시를 쓰는 요즘 아이들이 이 시집을 읽고서 신선한 느낌을 받고, 어린이다운 마음과 사람다운 세계로 돌아갈 수 있다면 얼마나 좋을까요.

다음은 아이들이 시를 쓰게 된 경위, 시에 나타난 아이들의 말 같은 몇 가지 문제에 대해 참고될 것을 적겠습니다. 1962년 봄부터 1964년 9월까지 2년 반이 넘게 나는 이 학생들을 담임해서 가르쳤습니다. 첫해에 2학년을 맡고, 다음 해 3학년이 되면서 또 그 학급 아이들을 맡아 올라갔는데, 4학년에 다시 또 그 반을 맡은 까닭은, 그해 (1964년) 중간에 다른 학교로 옮겨 가지 않으면 안 될 사정이 되어 있었습니다. 몇 달 안 되어 또 담임을 바꾸기보다는 그대로 맡고 있다가 떠나는 것이 아이들에게도 좋겠다는 의견을 말해서 좀처럼 그 보기를 찾을 수 없는 3년 연속 담임을 하게 되었던 것입니다. 그래서 나는 1964년 9월 말까지 있다가 떠났고, 이 아이들의 시도 그때까지 쓴 것으로 되었습니다.
2년 반 동안 나는 글쓰기를 중심으로 모든 교과와 생활지도를 연결해서, 요즘 말대로 하자면 '삶을 가꾸는 교육'을 했습니다. 이 동안에 아이들이 쓴 글의 일부는 어린이 시집 《일하는 아이들》(1978년, 청년사)과 산문집《우리도 크면 농부가 되겠지》(1979년, 청년사)에 다른 아이들의 글과 함께 실렸습니다. 그 밖에 많은 작품은 아이들을 지도하면서 등사판 인쇄로 시집이나 문집을 만들어 학생들에게 나누어 주었을 뿐, 지금까지 아이들의 연필 글씨 원고 그대로 가지고 있었는데, 이번에 이렇게 좋은 책이 되었습니다. 몇 해 동안 같이 살아가면서도 아이들과 사진 한 장 찍어 둘 생각을 못 하고, 출석부의 이름조차 옮겨 적어 놓지 못했지만, 아이들이 원고지나 갱지에 쓴 이야기글에서, 또 시 쓰는 시간에 제 손바닥만 하게 잘라서 나눠 준 갱지에다가 적어 놓은 이름들을 보고, 그것을 모두 정리하면서 그때 학생 수가 68명이었다는 사실도 알게 되었습니다. 그리고 몇 해 전부터는 아이들이 아닌 어른들의 소식도 거의 모두 들을 수 있었고, 만날 수도 있었습니다.

▲ 1963년(3학년)에 등사판 인쇄로 낸 문집 표지.
표지 그림은 아이들이 저마다 다르게 그렸다.

▶ 손바닥만 한
갱지에 적은 시.

▶ 문집 〈흙의 어린이〉(1963년) 본문.

서른 몇 해 전에 68명이던 이 아이들이 장년이 된 지금은, 그동안 세 사람이 세상을 떠나고 65명이 남았습니다. 고향인 상주에 열여덟 사람, 대구와 구미에 아홉, 부산에 아홉, 서울과 수도권에 스물셋, 그 밖의 지역에 여섯, 이렇게 살고 있습니다. 모두 흩어져 있지만 저마다 보람 있는 일을 하면서 바르고 성실하게 살아가고 있습니다. 그리고 모두 서로 소식을 주고받으면서 어린 시절에 가졌던 정을 그대로 나누고, 한 해에 두 번씩 한자리에 모여 노래도 부르고 마음을 가꾸는 공부도 합니다.

이 책에는 68명의 작품이 저마다 한 편 이상 모두 들어 있습니다. 이 작품들은 그 어느 것이나 그때 쓴 그대로입니다. 나는 아이들이 쓴 글을 시든지 이야기글이든지 교사나 부모들이 함부로 손대어 고치는 것이 아주 잘못된 일이라고 늘 비판해 왔습니다. 아무리 어른이 좋은 생각으로 바르게 고쳤다고 하더라도 나중에 보면 그렇게 고친 것이 잘못되었다는 것을 깨닫게 됩니다. 열 가지를 고쳤다면 그 가운데서 여덟 가지는 잘못 고치는 것이라고 보면 틀림없습니다. 그래서 맞춤법이나 띄어쓰기 같은 것만 다듬어 놓았습니다만, 이것도 어떤 말은 아이들이 쓴 그대로 두었습니다. 가령 보기를 들면 '깍꿀로'와 같은 것입니다. 내가 들었던 그때 이 아이들의 말은, 지금 사전에 나와 있는 대로 '거꾸로'는 물론 아니었고 '꺼꾸로'도 아니고 분명히 '깍꿀로'로, 아이들이 쓴 그대로였다고 알고 있습니다.

이 아이들의 시에서 누구나 문제가 된다고 볼 것이 아마도 상주 지방이나 경상도에서만 쓸 것 같은 말, 이른바 사투리라고 하는 것이겠지요. 이 아이들이 쓴 말에 교과서 같은 책에는 나오지 않는 말이 많이 나와서 다른 지방의 아이들이나 어른들, 더구나 서울 사람들은 그 뜻을 모르는 경우가 많을 것 같습니다. 그래서 그런 말은 될수 있는 대로 알뜰히 찾아서 그와 비슷한 말을 적어 두거나 풀어놓았습니다. 그런데 이 경우 아이들이 쓴 말이 잘못된 사투리라고 해서 표준말로 바꿔 보이거나 풀이해 놓은 것이 아닙니다. 읽는 사람이 그 말뜻을 모르니까 알려 주는 것이지요. 또 여러 가지 비슷하게 쓰는 말을 들어 놓은 것도 그렇게 우리 말이 실지로 쓰이고 있다는 사실을 알리는 것이 우리 말을 바르게 아는 데 도움이 된다고 보기 때문입니다.

이와 같이 다른 지방의 아이들도 이 아이들처럼 그 지방에서만 쓸것 같은 말, 책에는 나오지 않는 말을 잘 살려서 글을 쓰거나 말을하라고 권하고 싶습니다. 그렇게 해야 우리들의 삶과 마음을 올바르게, 그리고 마음껏 시원하게 나타낼 수 있고, 우리 말도 살릴 수 있습니다. 사실 이 시집의 이름으로 나온 '덕새(덕수) 넘는다'는 말도 우리 말 사전에는 없습니다. '곤다'(곯아서) 하는 말도 사전에 없습니다. 사전에 올려 있기만 하면 버젓한 우리 말인 줄 알고, 사전에 없으면 써서는 안 되는 말인 줄 아는 것이 얼마나 잘못된 일인가를, 이런 한두 가지 말의 보기로도 잘 깨달을 수 있을 것입니다. 이런 점에서도 이 시집이 우리 말을 찾고 배우게 되는 데 좋은 자료가 되기를 바랍니다.

이 책이 지금 자라나고 있는 어린이들에게 낯선 것으로 여겨질까 싶어 길잡이가 될 말을 쓴다는 것이 너무 길어졌습니다. 그리고 내가 가르친 아이들이 쓴 시를 내가 자랑하는 꼴이 되지 않았나 싶기도 합니다. 그렇다면 그저 한번 웃어 주시고, 너그럽게 보아 주십시오. 그러나 지금은 참말이지 내가 못난 사람이 되어서라도 이 시와 시를 쓴 아이들을 크게 자랑하고 싶습니다. 시와 어린이와 자연이 모조리 병들고 없어져 가는 이 거칠고 숨 막히는 세상에, 우리 한번 꿈에도 그리던 고향으로 돌아가 맑은 새소리며 물소리에 귀를 씻고, 하늘빛을 안아 보고, 우리를 길러 주던 흙을 만져 본다는 것은 얼마나 반갑고 기쁘고 가슴 울렁거리는 일입니까.

하지만 이 아이들의 글에는 무슨 별난 내용도 없고, 깜찍한 말재주 같은 것은 물론 없습니다. 그저 누구나 보고 들은 것, 한 것을 정직하게 자기 말로 토해 낸 것뿐입니다. 다만 이런 것이 시라는 것이고, 시는 이렇게 삶을 잃어버리지 않은 모든 아이들의 마음속에 있다는 사실을 알아준다면 이 시집을 낸 보람으로 삼겠습니다.

1998년 이오덕

이오덕의 글쓰기 교육 **8**

허수아비도 깍꿀로 덕새를 넘고

1판 1쇄 2018년 2월 2일
1판 2쇄 2023년 4월 30일

엮은이 이오덕
펴낸이 조재은 | **펴낸곳** (주)양철북출판사 | **등록** 제25100-2002-380호(2001년 11월 21일)
책임편집 이송희 이혜숙 | **편집** 김명옥 박선주 | **표지 디자인** 오필민 | **본문 디자인** 하늘 · 민
마케팅 조희정 | **관리** 정영주
주소 서울시 영등포구 양산로 91 리드원센터 1303호 | **전화** 02-335-6407 | **팩스** 0505-335-6408
ISBN 978-89-6372-240-5 04810 | **값** 15,000원

어린이제품 안전특별법에 의한 기타표시사항

품명 아동 도서 | **제조자명** (주)양철북출판사 | **제조 연월** 2018년 2월 2일 | **제조국** 대한민국
주소 서울 영등포구 양산로 91 리드원센터 1303호 | **연락처** 02-335-6407 | **사용 연령** 10세 이상